1872. 11 Décembre

CATALOGUE

DES

LIVRES RARES ET PRÉCIEUX

RELIÉS EN MAROQUIN

COMPOSANT LE CABINET DE M **.

Dont la vente aura lieu le mercredi 11 décembre 1872
à 7 heures du soir

Rue des Bons-Enfants, 28, Maison Silvestre

SALLE N° 1

Par le ministère de Me DELBERGUE-CORMONT, commissaire-priseur
Rue de Provence, 8

PARIS
ADOLPHE LABITTE, LIBRAIRE
DE LA BIBLIOTHÈQUE NATIONALE
4, RUE DE LILLE, 4

—

1872

Paris. — Typographie Georges Chamerot, rue des Saints-Pères, 19.

CATALOGUE

DES

LIVRES RARES ET PRÉCIEUX

RELIÉS EN MAROQUIN

COMPOSANT LE CABINET DE M. ***.

---

1. QUADRINS HISTORIQUES DE LA BIBLE revuz et augmentez d'un grand nombre de figures. *Lion, par Jan de Tournes*, 1555, pet. in-8, mar. br. comp. à froid, dent. int. tr. dor. (*Duru.*)

Bel exemplaire orné de belles épreuves des gravures du Petit Bernard. Exemplaire Desq et de la biblioth. Renard.

2. Les Saints Evangiles, traduits de la Vulgate par M. l'abbé Dassance, illustrés par douze gravures sur acier, d'après les tableaux de Tony Johannot, encadrées dans des ornements dessinés par M. Cavelier père ; avec dix vues des principaux sites et monuments de la Terre-Sainte, etc. *Paris, Curmer,* 1836, 2 vol. in-8, rel. en chag. plein, tr. dorée.

3. Recherches historiques sur la personne de Jésus-Christ, sur celle de Marie, sur les deux généalogies du Sauveur et sur sa famille, avec des notes philologiques, des tableaux synoptiques et une ample table des matières, par Gab. Peignot. *Dijon,* 1829, in-8, demi-rel.

4. MEDITATIONES DIVI AUGUSTINI episcopi hipponensis. (*A la fin :*) Finis duodecim graduum abusionum. In-4, goth. de 116 ff. de 30 lig. sans chiffr. réclame, ni signature.

Cet incunable, inconnu à Panzer, n'a que 116 ff. au lieu de 118 ff. que lui donne Brunet. Cette erreur vient de la pagination mal faite à la main, car le livre porte, au dernier feuillet, le chiffre 118.

5. Thomæ a Kempis de Imitatione Christi libri quatuor. *Lugduni (Batav.), apud Joh. et Dan. Elsevirios, s. d.*, pet. in-12, front. gravé, mar. marron, fil. dos orné, tr. dor. (*Lortic.*)

Joli exemplaire de l'édition sans date. Haut.: 124 1/2 millim.
De la bibliothèque de M. Renard.

6. Imitation de Jésus-Christ, traduite et paraphrasée en vers françois par P. Corneille. *Bruxelles, Fr. Foppens*, 1657, in-12, fig. mar. bl. dent. int. tr. dor. (*Capé.*)

Exemplaire La Villestreux, avec ses chiffres (n° 31).

7. La Théologie spirituelle, extraicte des liures de Sainct-Denis, translatée de latin en françoys par ung vénérable religieux de l'ordre des frères mineurs de l'observance et profitable à tout homme et femme pour unir son cœur en l'amour de Dieu. *Paris, s. d.* (*vers* 1515), *en la rue Neufve nostre Dame à l'enseigne Sainct-Nicolas*, pet. in-8, goth. grav. sur bois, mar. brun, coins ornés, dent. int. tr. dor. (*Chambolle-Duru.*)

A.-D. 8 ff. Bel exemplaire de ce livre rare.

8. Dyalogue instructoire des chrestiens en la foy, espérance et amour en Dieu, etc., composé par frère Pierre Doré, docteur en théologie, 1542. *Imprimé nouvellement à Paris, par Denys Janot*, pet. in-12 goth. mar. vert, jans. tr. dor. (*Petit.*)

9. La Manière de se bien préparer à la mort par des considérations sur la Cène, la Passion et la mort de Jésus-Christ, avec de très-belles estampes emblématiques, expliquées par M. de Chertablon. *Anvers, Georges Gallet*, 1700, in-4, mar. br. fil. et comp. à froid, tr. dor.

Très-bel exemplaire d'une parfaite conservation. Les 42 gravures (nos 12 et 26 doubles) sont de Romain de Hooghe.

10. Démonstration de l'existence de Dieu, tirée de la connoissance de la nature, et proportionnée à

la foible intelligence des plus simples. *Paris, Jacques Estienne*, 1713, 1 vol. in-12, mar. bleu, dos orné, fil. tr. dor. (*Petit.*)

Bel exemplaire de l'édition originale.

11. Pensées de M. Pascal sur la religion et sur quelques autres sujets qui ont esté trouvés après sa mort parmy ses papiers. *Paris, Guil. Desprez*, 1670, 1 vol. in-12, mar. vert, fil. dos orné, dent. int. tr. dor. (*Petit.*)

Bel exemplaire de l'édition qui passait pour l'originale et qui est la deuxième édition.

12. Les Pensées de Blaise Pascal, suivies d'une nouvelle table analytique. *Paris, Lefèvre*, 1829, 1 vol. in-8, mar. bleu, jans. dent. int. tr. dor. (*Thomas.*)

13. Les Provinciales, ou les Lettres escrites par Louis de Montalte (Bl. Pascal), à un provincial de ses amis et aux RR. PP. Jésuites sur le sujet de la morale et de la politique de ces pères. *Cologne, Pierre de la Vallée* (*Amst., Elzevier*), 1657, pet. in-12, mar. rouge, tr. dor. (*Thompson.*)

Première édition sous cette date.

14. Lettres à un provincial par Blaise Pascal, précédées d'un essai sur ces lettres et sur le style de l'auteur. *Paris, Lefèvre*, 1829, 1 vol. in-8, mar. bleu, jans. dent. int. tr. dor. (*Thomas.*)

15. Les Imaginaires et les Visionnaires, ou Lettres sur l'hérésie imaginaire, par le sieur de Damvilvilliers (P. Nicole). 1667, 2 vol. pet. in-12, mar. rouge, fil. tr. dor. (*Rel. anc.*)

Bel exemplaire. Haut.: 130 millim.
De la bibliothèque Renard.

16. Explication des maximes des saints sur la vie intérieure, par Messire Fr. de Salignac Fénelon. *Paris, Auboin*, 1697, 1 vol. in-12, mar. bleu, fil. dos orné, dent. int. tr. dor. (*Petit.*)

Bel exemplaire de l'édition originale de ce livre célèbre et rare, avec témoins.

17. Traité de la communion sous les deux espèces, par J.-B. Bossuet. *Paris, Sébastien Mabre-Cramoisy*, 1682, in-12, mar. bl. tr. dor. (*Hardy.*)

Bel exemplaire de l'édition originale.

18. Exposition de la doctrine de l'Église catholique sur les matières de controverse, par mess. J.-B. Bossuet. *Paris, Cramoisy*, 1671, in-12, mar. vert, tr. dor. (*Thomas.*)

Première édition publiée sous la même date que l'édition dite des Amis. De la bibliothèque de M. Renard.

19. Histoire des variations des Églises protestantes, par messire Jacques-Bénigne Bossuet. *Suivant la copie à Paris, chez la veuve Sébastien Mabre-Cramoisy*, 1688, 2 vol. in-12 (*à la Sphère*), mar. rouge, fil. dos orné, dent. int. tr. dor. (*Hardy.*)

Bel exemplaire de cette jolie édition, rare, imprimée en Hollande en caractères elzéviriens.

20. De retinenda in ecclesiasticis libris voce « paraclitus » dissertatio, authore J.-B. Thiers. *Lugduni, apud Petrum Guillemin*, 1669, 1 vol. in-12, mar. rouge, large dent. (*Rel. anc.*)

Exemplaire aux armes du cardinal de Neuville, archevêque de Lyon.

21. Regula beatissimi patris Benedicti e latino in gallicum sermonem per quondam reverendum dominū Guidonem Iuvenalem traducta, 1521. *Venales extant Parisiis in Pellicano vici Sancti Jacobi*, pet. in-8, goth. mar. rouge, comp. à la du Seuil, dos orné, dent. int. tr. dor. (*E. Thomas.*)

Bel exemplaire bien conservé, très-grand de marges, témoins.

22. Alcoran (l') des cordeliers, tant en latin qu'en françoys, c'est-à-dire recueil des plus notables bourdes et blasphèmes de ceux qui ont comparé sainct François à Jésus-Christ.... Nouvelle édition, ornée de figures dessinées par B. Picart. *Amsterdam*, 1734, 2 vol. in-12, mar. rouge, fil. tr. dor. (*Rel. anc.*)

Aux armes de Mme de Pompadour.

23. Prédicatoriana, ou Révélations singulières et amusantes sur les prédicateurs, entremêlées d'extraits piquants de sermons bizarres, burlesques et facétieux, prêchés tant en France qu'à l'étranger, notamment dans les xve, xvie et xviie siècles, avec notes et tables (par Gab. Peignot). *Dijon*, 1841, in-8, demi-rel. dos et coins mar. rouge, tête sup. dor. (*Thomas*.)

Non rogné.

---

24. De la Sagesse, trois livres, par Pierre Charron. *Leide, Jean Elzevier, s. d.*, pet. in-12, mar. rouge, dent. int. tr. dor. (*Duru*.)

Bel exemplaire, grand de marges. Haut.: 132 millim.

25. De la Sagesse, trois livres, par Pierre Charron, Parisien, docteur ès-droicts. *Suyvant la vraye copie de Bourdeaux, Leide chez les Elzeviers*, 1646, pet. in-12, mar. rouge, large dent. dos à petits fers, doublé de mar. rouge et de tabis, tr. dor. (*Courteval*.) (*Chiffres*.)

Bel exemplaire. Haut.: 128 millim. De la bibliothèque Renard.

26. Les Caractères de Théophraste, traduits du grec, avec les Caractères ou les mœurs de ce siècle, éd. revue, corrigée et augmentée. *Paris, Est. Michallet*, 1694, in-12, mar. la Vall. fil. dos orné, tr. dor. (*Hardy*.)

Huitième édition contenant, pour la première fois, outre divers caractères, le discours de réception de l'auteur à l'Académie française, précédé d'une longue préface. Bel exemplaire.

27. Les Caractères de la Bruyère. *Paris, Est. Michallet*, 1696, in-12, mar. rouge, fil. dos orné, tr. dor. (*Hardy*.)

Très-bel exemplaire, avec témoins. 9e édition.

28. Le Mespris de la court, avec la Vie rustique, nouvellement traduit d'espagnol en françois (d'Antoine de Guévare). — L'Amye de court (par la Borderie). La Parfaite Amye, la Contre-Amye,

l'Androgyne de Platon, l'Expérience de l'Amie de court contre la Contre-Amye (par Anthoine Héroet). — Le Nouvel Amour inventé par le seigneur Papillon. *Paris, au clos Bruneau, chez la veuve Maurice de la Porte*, 1549, in-16, mar. brun, dent. et comp. dent. int. tr. dor. (*Capé.*)

Bel exemplaire de ce livre rare, imprimé en lettres italiques. La première pièce seule est en prose, les autres sont en vers. C'est dans cette édition que se trouve, pour la première fois, après le Nouvel Amour, *une Epistre en abhorrant folle amour, par Clément Marot*, et plusieurs dizains, à ce propos, de Sainte-Marthe.

29. Éducation des filles, par M. l'abbé de Fénelon. *Paris, Aubouin, Emery et Clousier*, 1687, in-12, mar. rouge, fil. tr. dor. (*Hardy.*)

Edition originale. Bel exemplaire.

30. OEuvres complètes de Vauvenargues, précédées d'une notice sur sa vie et ses ouvrages, et accompagnées de notes de Voltaire, Morellet et Suard. Nouvelle édition, et œuvres posthumes du même, précédées de son éloge par Ch. de Saint-Maurice, et accompagnées de notes et de lettres inédites de Voltaire. *Paris, Brière*, 1821-1823, 3 vol. gr. in-8, demi-rel. dos et coins mar. violet. (*Dauphin.*)

Bel exemplaire, *non rogné*, en grand papier vélin.

31. Des Choses merveilleuses, en nature où il est traicté des erreurs des sens, des puissances de l'âme et des influences des cieux, traduit en françois par Jaques Girard de Tournus. *Lyon, Macé Bonhomme*, 1557, pet. in-12, mar. rouge, jans. dent. int. tr. dor. (*E. Thomas.*)

De la Bibliothèque Renard.

32. Le Corps politique, ou les Éléments de la loy morale et civile, par Thomas Hobbes (trad. du latin par Sorbière). *Leyde, J. et Dan. Elsevier*, 1653, pet. in-12, mar. rouge, fil. dos orné, tr. dor. (*Rel. anc.*)

De la bibliothèque J. Renard.

33. Traicté politique, composé par William Allen, Anglois, et traduit nouvellement en françois, où il est prouvé par l'exemple de Moyse, et par d'autres tirés hors de l'Escriture, que tuer un tyran, titulo vel exercitio, n'est pas un meurtre. *Lugduni*, 1658, pet. in-12 de 94 p. non compris le titre, mar. rouge à comp. à la du Seuil, fil. tr. dor. (*Rel. anc.*)

Edition d'un livre rare et recherché.

34. Joannis Baptistæ Susii Mirandulani, philosophi ac medici, liber de sanguinis mittendi ratione. Nunc primum in lucem editus. *Apud Petrum Pernam*, 1559, *s. l.*, pet. in-8, mar. rouge, dent. int. tr. dor. (*Capé.*)

Bel exemplaire de ce livre rare, non cité dans Brunet.

35. Traicté du ris, contenant son essence, ses causes et merveilheus effais, curieusement recherchés, raisonnés et observés par Laur. Joubert. Item la cause morale du ris de Démocrite, expliquée et témoignée par Hippocrate, plus un dialogue sur la cacographie françoise, avec des annotacions sur l'orthographie de Joubert. *Paris, Nicol. Chesneau*, 1579, pet. in-8.

Bel exemplaire de ce livre curieux et rare.

36. Recueil de tous les plus beaux airs bachiques, avec les noms des autheurs du chant et des paroles. *Paris, Guil. de Luyne*, 1671, in-12, mar. vert, fil. dent. int. tr. dor. (*Thibaron-Echaubard.*)

Bel exemplaire. Témoins.

37. Recherches historiques et littéraires sur les danses des morts et sur l'origine des cartes à jouer, par Gab. Peignot. *Dijon*, 1826, in-8, pap. vél. fig. demi-rel. mar. vert. (*Thomas.*)

Non rogné.

38. Devises héroïques, par M. Claude Paradin, chanoine de Beaujeu. *A Lion, par Jean de Tournes et Guil. Gazeau*, 1557, in-8, fig. sur bois.

Haut.: 157 millim.

39. Explication des tableaux de la galerie de Versailles et de ses deux salons. *Versailles, impr. de François Muguet*, 1677, 1 vol. gr. in-4, mar. rouge, fil. tr. dor. (*Aux armes.*)

Bel exemplaire.

---

40. TRAICTÉ de la conformité du langage françois avec le grec... avec une préface monstrant quelque partie du désordre et abus qui se commet aujourd'hui en l'usage de la langue françoise, par Henri Estienne. *S. l. n. d.* (*Genève, Henri Estienne, vers* 1565), pet. in-8.

Edition originale, contenant plusieurs passages qui ont été supprimés dans l'édition suivante.

41. TRAICTÉ de la conformité du langage françois avec le grec... duquel l'auteur est Henri Estienne. *Paris, chez Jaques du Puis*, 1569, in-8, mar. rouge, fil. dos orné, tr. dor. (*Niedrée.*)

Bel exemplaire, grand de marges.
Exemplaire Yemeniz (n° 1238).

42. Project du livre intitulé : de la Précellence du langage françois, par Henri Estienne. *Paris, Mamert Patisson*, 1579, in-8.

43. La Logique, ou l'Art de penser, contenant outre les règles communes plusieurs observations nouvelles, propres à former le jugement. *Paris, Savreux*, 1664, in-12, vél.

Bel exemplaire, dans lequel on a intercalé des feuilles en blanc, sur lesquelles se trouvent des notes attribuées à Nicole.

44. Q. HORATII FLACCI Poemata scholiis sive annotationibus instar commentarii illustrata, a Joanne Bond. *Amstelodami, apud Danielem Elzevirium*, 1676, pet. in-12, mar. rouge, fil. dos orné, tr. dor. (*Rel. anc.*)

Bel exemplaire. Haut.: 132 1/2 millim.

45. Publii Virgilii Maronis Carmina omnia, perpetuo commentario ad modum Joannis Bond explicuit

Fr. Dübner. *Parisiis, ex typogr. Firminorum Didot*, 1858, in-16, mar. vert à comp. dent. int. tr. dor. (*Lortic.*)

Exemplaire avec les photographies.

46. Les xv liures de la Metamorphose d'Ovide (poëte treselegãt), contenans l'olympe des histoires poëtiques, traduictz de latin en françoys, le tout figuré de nouvelles figures et histoires. *Nouvellement imprimé à Paris pour Denys Ianot, libraire et ĩprimeur*, 1539, in-16, mar. rouge.

Bel exemplaire à grandes marges de cette belle édition, imprimée en lettres rondes et ornée de nombreuses figures sur bois.

47. La Pharsale de Lucain, ou les Guerres civiles de César et de Pompée, en vers françois, par Brébeuf. *Leyde, J. Elzevier*, 1658, pet. in-12, front. gr. vélin.

Bel exemplaire grand de marges. Haut.: 128 millim.
Exemplaire La Villestreux (170).

48. Fabliaux ou Contes, fables et romans du xiie et du xiiie siècle, traduits ou extraits par Legrand-d'Aussy. *Paris, Jules Renouard*, 1829, 5 vol. in-8, fig. de Moreau et de Desenne, demi-rel. dos et coins de mar. bleu, non rog. (*Thompson.*)

Exemplaire en grand papier vélin, avec les figures avec la lettre, avant la lettre sur papier de Chine, et les eaux-fortes.
A la fin se trouve le Choix et Extraits d'anciens fabliaux, qui manque souvent.

49. Collection d'anciens poëtes françois publiés par Coustelier. *Paris*, 1723-24, 10 vol. pet. in-8, mar. rouge, fil. tr. dor. (*Rel. anc.*)

Coquillard. — Cretin. — La Farce de Pathelin, 1762. — Martial d'Auvergne, 2 vol. — Villon. — Légende de Faifeu. — J. Marot. — Racan, 2 vol.
Bel exemplaire du prince Radziwill (acheté 330 fr.)

50. Le Rommant de la Rose, nouvellement reveu et corrigé oultre les précédentes impressions. *Paris*, 1538, mar. rouge, dos et coins ornés, dent. int. tr. dor. (*Ve Niedrée.*)

51. Les Lunettes des princes, avec aulcunes ballades et additions composées par noble homme Jehan

Meschinot. *Paris*, *s. d.* (*vers* 1520), in-8, goth. mar. rouge, fil. tr. dor. (*Niedrée*.)

Le feuillet 8 du cahier IV manque.
Exempl. Desq.

52. Recueil des plus belles pièces des poëtes françois depuis Villon jusqu'à Benserade (choisies par Fontenelle), avec la vie de chaque poëte. *Paris*, *Claude Barbin*, 1692, 5 vol. in-12, mar. rouge, dent. int. tr. dor.

Bel exemplaire à toutes marges de ce recueil rare, connu sous le nom de *Recueil de Barbin*.

53. Le Parnasse des poëtes françois modernes, contenant leurs plus riches et graves sentences, discours, descriptions et doctes enseignemens, recueillies par Gilles Corrozet. *Paris*, *en la boutique de Galiot Corrozet*, 1571, in-8, mar. rouge, fil. dos orné, tr. dor. (*Capé*.)

Exemplaire Soleil (n° 1272).

54. Les OEuvres de Clément Marot de Cahors, valet de chambre du roy, reveues et augmentées de nouveau. *La Haye*, *Adrian Moetjens*, 1700, 2 vol. pet. in-12, v. f.

Très-bel exemplaire, très-grand de marges, de cette jolie édition, la plus recherchée. Haut.: 136 millim. *Témoins nombreux*.

55. La Poésie de Loys le Caron, Parisien. *Paris*, *pour Gilles Robinot*, 1554 (*imprimé par M. Vascosan*), pet. in-8, mar. rouge, comp. tr. dor. (*Thouvenin*.)

Très-bel exemplaire de Ch. Nodier, avec les écussons sur les plats.
Volume rare. L'auteur est le fameux jurisconsulte connu sous le nom de Charondas Le Caron.
Exemplaire Nodier, De Lassize et Huillard.

56. Les Satyres et autres œuvres du sieur Regnier, augmentées de diverses pièces cy-devant non imprimées. *Leiden*, *Jean et Daniel Elsevier*, 1652, pet. in-12, mar. bleu, doublé de tabis, tr. dor. (*Rel. anc.*)

Joli exemplaire réglé de cette édition recherchée et rare. Haut.: 122 1/2 millim.

57. LES OEUVRES POÉTIQUES de Claude Turrin, Dijonnois, divisées en six livres; les deux premiers sont d'élégies amoureuses, et les autres de sonnets, chansons, églogues et odes. *Paris, Jean de Bordeaux*, 1572, in-8, portr. mar. rouge, fil. comp. à la du Seuil, dos orné, tr. dor. (*Thompson.*)

Au verso du titre se trouve un beau portrait, gravé sur bois, de mademoiselle de Saillant, chantée par Cl. Turrin.

Joli exemplaire de ce livre rare, que Viollet-le-Duc donne comme « l'un des plus rares de la collection des poëtes français ».

Exemplaire Solar.

58. LES OEUVRES DE GUILLAUME DU BRUYS, Quercinois, contenant plusieurs et divers traictez. *Paris, pour Jean Février*, 1583, in-12, caract. ital. mar. r. anc., fil. tr. dor. (*Duru.*)

Bel exemplaire. Le feuillet 199 qui, dans presque tous les exemplaires, se trouve rogné jusqu'à la lettre, est ici dans toute sa marge. Il a été extrait d'un double exemplaire qui était réglé (Y.)

Edition rare et recherchée.

Exemplaire Yemeniz et Huillard.

59. LES OEUVRES de Philippe Desportes, revues, corrigées et de beaucoup augmentées outre les précédentes impressions. *Lyon, Benoît Rigaud*, 1593, 1 vol. in-12, mar. bleu, fil. dos orné, dent. int. tr. dor. (*Fixon.*)

Bel exemplaire.

60. POÉSIES DE M. DE MALHERBE, avec les observations de M. Ménage. *Paris, Louis Billaine*, 1666, in-8, mar. orange, fil. dos orné. (*Hardy.*)

Bel exemplaire de cette édition recherchée, dans laquelle on trouve le discours d'Ant. Godeau, sur les œuvres de Malherbe, discours non reproduit dans l'édition de 1689.

Cet exemplaire contient, en outre, après un carton de la page 238, quelques fragments publiés pour la première fois.

61. LES PREMIÈRES OEUVRES de Philippe des Portes. *Paris, Mamert Patisson*, 1600, in-8, portr. par Gaucher, ajouté, v. f. fil. tr. dor.

Exemplaire Huillard (421).

Belle édition. Exemplaire grand de marges.

A la fin on a joint : Tombeau de messire Philippes des Portes, abbé de Thiron (en vers). *S l. n. d.* 14 p. in-8.

62. Le Banquet des muses, ou les divers (*sic*) satires du sieur Auvray, contenant plusieurs poëmes non encore veuës (*sic*) n'y (*sic*) imprimez. Ensemble est adjousté l'innocence descouverte, tragi-comédie. *Rouen, David Ferrand,* 1636, in-8, mar. br. jans. tr. dor.

Bel exemplaire de ce livre, rare et recherché.

63. Les OEuvres poétiques de M. Bertaut, évesque de Séez, abbé d'Aunay. *Paris, Toussainct du Bray,* 1620, in-8, mar. vert, fil. dos orné, dent. int. tr. dor. (*Capé.*)

Bel exemplaire de la plus belle des éditions complètes de Bertaut. Exemplaire Sainte-Beuve, avec sa signature.

64. Les Bergeries de M. Honorat de Bueil, chevalier de Racan, dédiées au roy, quatriesme édition, reveue et corrigée. *Paris, Toussainct du Bray,* 1630, in-8, mar. rouge, fil. dos orné, doublé de mar. rouge, dent. int. tr. dor. (*Rel. anc.*)

Bel exemplaire réglé et bien conservé.

65. La Lyre du sieur Tristan. *Paris, Courbé,* 1641, in-4, demi-rel.

Edit. orig.

66. Les OEuvres du sieur de Saint-Amant, 1re partie et suite de la 1re partie. *Paris, Toussainct Quinet,* 1642, 1 vol. in-4, v. f.

Bel exemplaire à grandes marges.

67. Les OEuvres de M. Sarasin. *Paris, Aug. Courbé,* 1656, 1 gros vol. in-4.

Bel exemplaire de l'édition originale donnée par Ménage. Elle contient un long discours de Pellisson à la fin du volume.

68. Poésies diverses du sieur Furetière. *Paris, Guil. de Luynes,* 1655, in-4, front. gravé.

Edition originale.

69. Les OEuvres de poésie de M. Perrin, contenant les jeux de poésie, diverses pièces galantes, des paroles de musique, airs de cour, airs à boire, chansons, noëls et motets, une comédie en mu-

sique, etc. *Paris, Est. Loyson,* 1661, in-12, mar. rouge, fil. dent. int. dos orné, tr. dor. (*Petit.*)

Exemplaire à toutes marges et avec témoins de cette édition recherchée.

La comédie en musique, indiquée dans le titre, est la première pièce de ce genre qui ait été représentée en France. Elle fut jouée, en 1659, dans la maison de campagne de M. de la Haye, à Issy, près Paris. La musique est de Cambert.

70. Les OEuvres de Théophile, divisées en trois parties : la première contenant l'Immortalité de l'âme, avec plusieurs autres pièces; la seconde la tragédie de Pirame et Thisbé et autres mélanges, et la troisiesme les pièces qu'il a faites pendant sa prison. *Paris, Nic. Pepingué,* 1662, 2 part. en 1 vol. mar. bl. dent. int. tr. dor.

71. Le Cabinet satyrique, ou Recueil parfait de vers piquans et gaillards de ce temps, tiré des secrets cabinets des sieurs de Sigognes, Regnier, Motin, Berthelot, Maynard et autres des plus signalés poëtes de ce siècle. *S. l.* (*Amsterd., D. Elzevier, à la Sphère*), 1666, 2 vol. pet. in-12, mar. vert, fil. tr. dor. (*Bauzonnet.*)

Bel exemplaire, très-grand de marges, portant 133 millim. (4 p. 10 lig.) de hauteur.

Exemplaire Brunet.

72. Les OEuvres de M. de Benserade. *Paris, Ch. de Sercy,* 1697, 2 vol. in-12, mar. rouge, fil. dos orné, dent. int. tr. dor. (*Hardy.*)

Bel exemplaire de l'édition originale.

73. La Pucelle, ou la France délivrée, poëme héroïque, par M. Chapelain. *Paris, A. Courbé,* 1656, 1 vol. gr. in-fol. v. fig.

Bel exemplaire.

74. OEuvres diverses du sieur D*** avec le traité du Sublime.... traduit du grec de Longin. *Paris, Louis Billaine,* 1674, in-4, fig.

Première édition sous le titre d'OEuvres. Elle renferme neuf satires, quatre épîtres, les 4 chants du Lutrin. C'est ici que les deux poëmes parurent pour la première fois.

75. Œuvres de N. Boileau-Despréaux, nouvelle édition, reveue et de beaucoup augmentée. *Paris, Esprit Billiot*, 1713, 2 vol. in-12, fig. et portr.

Edition préparée par Boileau et publiée, après sa mort, par Valincourt et Renaudot.

On a joint à cet exemplaire, à la fin du premier volume, l'édition originale de la XIIe satire, sur l'Equivoque.

76. La Muse dauphine, adressée à monseigneur le Dauphin, par le sieur de Subligny. *Paris, Claude Barbin*, 1667, in-12, mar. rouge, fil. dos orné à comp. sur les plats. (*Hardy*.)

Bel exemplaire de l'édition originale d'un livre rare et curieux. « La Muse Dauphine est une très-curieuse *Gazette rimée* sur les bruits de la cour et de la ville dans le genre de la Muse historique de Loret. » Voir le catalogue Luzarches de la vente de 1868, n° 2346 (vendu 140 fr. une édition postérieure).

77. CONTES ET NOUVELLES en vers par M. de la Fontaine. *Amsterdam* (*Paris, Barbou*), 1762, 2 vol. in-8, fig. d'Eisen et Choffard, mar. rouge, fil. tr. dor. (*Rel. anc.*)

Très-bel exemplaire de l'édition dite des Fermiers généraux. Le *Cas de conscience* et le *Diable de Papefiguière* sont découverts. Les figures de *Le Savetier*, l'*Anneau d'Hans Carvell* et les *Rémois* sont doubles.

78. Œuvres posthumes de M. de la Fontaine. *Paris, Jean Pohier*, 1696, in-12, mar. vert, fil. dos orné, tr. dor. (*Hardy*.)

Edition originale.

79. Poésies de Mme Deshoulières. *Paris, veuve Sébastien Mabre-Cramoisy*, 1688, 1 vol. pet. in-8, mar. bleu, fil. dos orné, dent. int. tr. dor. (*Thibaron-Echaubard*.)

Bel exemplaire, bien conservé, de l'édition originale.

80. Œuvres de Jean-Baptiste Rousseau, nouvelle édition, revue, corrigée et augmentée sur les manuscrits de l'auteur et conforme à l'édition in-4, donnée par M. Seguy. *Paris, chez Rémont Poignée*, 1795, 4 vol. in-8, fig. mar. rouge, large dent. dos à petits fers. (*Bozérian*.)

Bel exemplaire en papier vélin, rempli de témoins, avec le portrait de Ficquet ajouté.

De la bibliothèque Coulon.

81. La Henriade de M. de Voltaire. *Londres*, 1728, gr. in-4, v. avec gravures.

Bel exemplaire sur papier de Hollande, de cette édition que donna Voltaire pendant son séjour à Londres. Elle a la dédicace adressée à la reine en anglais et la liste des souscripteurs.

82. OEuvres de Gresset, avec le Parrain magnifique. *Paris, Renouard*, 1811, 3 tom. en 2 vol. in-8, fig. v. f. comp. à froid. (*Blaise.*)

Exemplaire sur papier vélin, gravures de Moreau avant la lettre.

83. LES BAISERS, précédés du Mois de mai, poëme. *La Haye et Paris, Lambert et Delalain*, 1770, 1 vol. in-8, vig. par Eisen, gravée par Longueil; 23 têtes de chapitres, un fleuron sur le titre et 22 culs-de-lampe, par Eisen, gravés par Aliamet, Binet, Delaunay, Lingie, de Longueil, mar. rouge, fil. tr. dor. (*Rel. anc.*)

Exemplaire en grand papier de Hollande. Belles épreuves.
Avec les *Imitations des poëtes latins*, qui manquent souvent.

84. FABLES DE DORAT. *La Haye, et se trouve à Paris, chez Delalain*, 1773, 2 vol. gr. in-8, br.

Exempl. non rogné, très-beau d'épreuves et en grand papier de Hollande.

85. Les Bijoux des neuf Soeurs. *Paris, Defer de Maisonneuve*, 1790, 2 vol. in-12, fig. de Lebarbier, mar. rouge, fil. tr. dor. (*Rel. anc.*)

Bel exemplaire avec figures avant la lettre de ce joli recueil, composé de pièces de poésie.

86. Le Théatre de P. Corneille, reveu et corrigé par l'autheur. *Paris, Guil. de Luyne*, 1682, 4 vol. in-12. — Poëmes dramatiques de Th. Corneille. *Paris, Guil. de Luyne*, 1682, 5 vol. in-12.

Bel exemplaire de cette édition précieuse du théâtre des deux frères, et la dernière donnée du vivant de Pierre Corneille.

87. LES OEUVRES DE M. MOLIÈRE, reveues, corrigées et augmentées par Vinot et Lagrange, enrichies de figures en taille-douce de T. Brissard et Sauvé. *Paris, Denis Thierry, Cl. Barbin et*

P. Trabouillet, 1682, 8 vol. in-12, mar. rouge, dent. int. tr. dor. (*Duru.*)

Très-bel exemplaire à toutes marges de la première édition des œuvres de Molière, publiée après sa mort, et renfermant ses œuvres posthumes.
Exemplaire Solar (nº 1698).

88. Esther, tragédie de Racine. *Paris, Claude Barbin,* 1689, in-12, fig. de Sébastien Leclerc, mar. rouge, jans. tr. dor. (*Thibaron-Echaubard.*)

Edition originale in-12, qui a paru en même temps que l'in-4. Très-bel exemplaire, très-grand de marges. Haut.: 163 millim.; larg.: 92 millim.

89. Théâtre de Noël le Breton, sieur de Hauteroche, nouvelle édition, revue et corrigée. *Paris,* 1772, 2 vol. in-12, v. f. fil. tr. dor.

90. Les Amours de Théagènes et Chariclée, histoire éthiopique. *Paris, Coustelier,* 1743, 2 vol. en un seul in-8, fig. mar. rouge, dos orné, fil. tr. dor. (*Rel. anc.*)

91. L'Histoire de Palmerin d'Olive, filz du roy Florendos de Macédoine, et de la belle Oriane, fille de Romicius, empereur de Constantinople. Discours plaisant et de singulière récréation, traduit jadis par un auteur incertain de castillan en françoys, mis en lumière en son entier, selon nostre vulgaire, par Jean Manguin, dit le petit Angevin. *Anvers, Jan Waesberghe,* 1572, pet. in-4, par 8 ff. à 2 col. front. et fig. sur bois.

Ce volume contient 38 jolies vignettes sur bois, presque toutes répétées plusieurs fois. Elles portent, la plupart, la marque d'Ant. Bosch, dit Silvius. Au ff. 53, on voit comme marque de graveur : C.

92. Hypnérotomachie, ou Discours du songe de Poliphile, déduisant comme amour le combat à l'occasion de Polia. Soubz la fiction de quoy l'aucteur monstrant que toutes choses terrestres ne sont que vanité, traicte de plusieurs matières profitables et dignes de mémoire, nouvellement traduict du langage italien en françois. *Paris, pour Jaques Keruer, aux deux cochetz,* 1546, in-fol. fig. veau brun fil. à fr. dent. int. (*Petit.*)

Bel exemplaire à toutes marges de cette première édition française de Poliphile. La planche du Sacrifice à Priape est intacte. (Voir cat. Ambr. Didot, 1re livr., page 203).

93. Les Cent Nouvelles nouvelles. Suivent les cent nouvelles contenant les cent histoires nouveaux qui sont moult plaisans à raconter en toutes bonnes compagnies, par manière de joyeuseté, avec d'excellentes figures en taille-douce, gravées sur les dessins du fameux M. Romain de Hooge. *Cologne (Amsterdam), chez Pierre Gaillard*, 1701, 2 vol. in-12, mar. rouge du Levant, fil. doublé de mar. cit. à comp. à mosaïques dorés à petits fers, tr. dor. (*Hardy*.)

Bel exemplaire avec les figures tirées dans le texte. *Belles épreuves.*

94. Les Contes et discours d'Eutrapel, par le feu seigneur de la Herrissaye, gentilhomme breton (Ridentem quid vetat dicere verum ? le ris n'empesche pas qu'on dise vérité. Horatius: Omne tulit punctum qui miscuit utile dulci. Qui profite et qui plaist a gaigné tout l'honneur). *Rennes, Noel Glamet*, 1598, in-12 de 451 pages, mar. rouge, fil. tr. dor. (*Rel. anc.*)

95. OEuvres de M. François Rabelais, augmentées de la vie de l'auteur et de quelques remarques sur sa vie et sur l'histoire, avec l'explication de tous les mots difficiles. (*Amst., L. et Dan. Elzevier*), 1666, 2 vol. in-12, *à la Sphère*, mar. brun.

Exemplaire avec les titres noir et rouge. Haut.: 132 millim.

96. Les OEuvres de maitre François Rabelais, avec des remarques historiques et critiques de Le Duchat, nouvelle édition, ornée de figures de B. Picart, etc., augmentée de quantité de nouvelles remarques de Le Duchat, de celles de l'édition angloise de Rabelais, de ses lettres et de plusieurs pièces curieuses et intéressantes. *Amsterdam, Jean-Fréd. Bernard*, 1741, 3 vol. in-4, v.

Bel exemplaire, bien conservé, à grandes, marges de cette édition ornée de belles figures de Bernard Picart.

97. HISTOIRES COMIQUES, ou Entretiens facétieux, de l'invention d'un des plus beaux esprits de ce temps (par du Souhait). *Troyes et Paris, Toussaincts du Bray*, 1612, pet. in-12, br.

Exemplaire non rogné. Ce livre se compose de neuf histoires. A la fin se trouve une pièce de vers intitulée : Discours de la Sobrette (soubrette), et de la Recommanderesse (entremetteuse), qui rappelle la Macette de Régnier. Exemplaire de La Villestreux (nº 336).

98. Recueil de quelques pièces nouvelles et galantes tant en prose qu'en vers. *Cologne, P. du Marteau* (*Amst., Dan. Elzevier*), 1667, 2 tom. en 1 vol. pet. in-12, mar. bleu, dent. fil. tr. dor. (*Bozérian.*)

Joli exemplaire. Haut.: 126 1/2 millim. De la bibliothèque Pieters et Renard.

99. RECUEIL de pièces diverses et galantes, contenant Enguerrand de Marigny, nouvelle ; la Trahison est légitime en amour, nouvelle véritable ; le Prosarite, ou l'Ennemy de la vertu, etc. *Paris, Jean Ribou*, 1676, pet. in-12, mar. rouge, fil. dos orné, dent. int. tr. dor. (*Capé.*)

Bel exemplaire.

100. ZAYDE, histoire espagnole, par M. de Segrais (par Mme de la Fayette), avec un traitté de l'origine des romans, par M. Huet. *Paris, Cl. Barbin*, 1670-1671, 2 vol. pet. in-8, mar. vert, fil. dos orné, dent. int. tr. dor. (*Thibaron.*)

Superbe exemplaire de l'édition originale de ce livre rare et recherché.

101. LA FAUSSE CLÉLIE, histoire françoise galante et comique. *Amsterdam*, 1672, pet. in-12, mar. viol. dent. int. tr. dor. (*Raparlier.*)

Bel exemplaire.

102. LES RÉCRÉATIONS FRANÇOISES, ou Recueil de contes à rire, pour servir de divertissement aux mélancholiques. *Utopie* (*Holl., à la Sphère*), 1681, 2 part. en 1 vol. pet. in-12, front. gr. mar. cit. dent. int. tr. dor. (*Capé.*)

Edition rare, dont le front. gravé est orné des figures les plus grotesques. Exemplaire La Villestreux avec ses chiffres (337).

103. Tarsis et Zélie, nouvelle édition. *Paris, Muster fils*, 1774, 3 vol. in-8, veau écaille, fil. tr. dor. (*Rel. anc.*)

Ouvrage orné de très-belles gravures et vignettes, par Cochin et Eisen. Exemplaire en papier de Hollande.

104. Julie, ou la Nouvelle Héloïse, lettres de deux amants habitants d'une petite ville au pied des Alpes, recueillies et publiées par J.-J. Rousseau. *Amst., Marc-Michel Rey*, 1761, 6 vol. in-12, fig. de Gravelot.

Edition originale.

105. Émile, ou de l'Éducation, par J.-J. Rousseau, citoyen de Genève. *Amst., Jean Neaulme*, 1762, 4 vol. in-12, fig.

Édition originale.

106. Paul et Virginie (et la Chaumière indienne), par J.-H. Bernardin de Saint-Pierre. *Paris, L. Curmer*, 1838, gr. in-8, 7 portr. avant la lettre, fig. sur bois et sur acier, mar. rouge, dos orné à comp. à la du Seuil, tête dor. non rog. (*Capé.*)

Un des 20 exemplaires tirés sur papier de Chine. On y a ajouté le portrait gravé sur acier par Wedgwood, d'après Girodet, sur papier de Chine, et les deux suites de Corbould, sur papier de Chine avec les eaux-fortes. (De la vente Potier 1870.)

107. Les Apophthegmes, cueilliz par D. Erasme de Roterdam, translatez de latin en françoys par l'esleu Macault, secrétaire et vallet de chambre ordinaire du roy, reveuz et corrigez de nouveau. *Lyon, Macé Bonhomme*, 1549, in-16.

108. Les Quinze Joyes de mariage, extraits d'un vieil exemplaire escrit à la main, passez sont quatre cens ans. *Rouen, Raph. du Petit-Val*, 1606, in-12, v. fauve.

De la bibliothèque Renard.

109. Les Arrêts d'amour, avec l'Amant rendu cordelier à l'observance d'amours, par Martial d'Auvergne, accompagnez des commentaires juridiques et joyeux de Benoît de Court; dernière

édition, augmentée de plusieurs arrêts, de notes, et d'un glossaire des anciens termes. *Amsterdam*, 1731, 2 part. en 1 vol. gr. in-18, mar. rouge, tr. dor. (*Lortic.*)

Bel exemplaire, très-grand de marges, de cette très-bonne édition, publiée par Lenglet-Dufresnoy. Le glossaire s'y trouve. De la bibliothèque Solar (nº 2198).

110. Les Discours fantastiques de Justin Tonnelier, composez en italien par J.-B. Gelli et traduits en françois par C. D. K. P. (Cl. de Kerquifinem, Parisien). *Lyon, Baudin*, 1575, pet. in-16, mar. rouge, fil. tr. dor. (*Thompson.*)

111. Sermon en l'honneur des enfants de Bacchus. *A Cologne, chez Pierre le Grand*, 1706, pet. in-12, front. gravé, mar. rouge, fil. dos à pet. fers, dent. int. tr. dor. (*Hardy.*)

Exempl. Desq.

112. Sermon en faveur des c****. *Cologne, Pierre le Grand*, 1706, pet. in-8, fig. mar. cit. fil. dos orné, tr. dor. (*Hardy.*)

Exempl. Desq.

113. Le Facécieux Réveille-matin des esprits mélancholiques, ou le remède préservatif contre les tristes..... En cette dernière édition augmenté de divers contes très-récréatifs. *Utrecht, Th. d'Acherdyck*, 1654, pet. in-12, v. f.

Bel exemplaire de cette jolie édition. Exemplaire Viollet-le-Duc.

114. Les Bigarrures et Touches du seigneur des Accords (Tabourot). *Paris, E. Maucroy*, 1662, 1 vol. in-12, mar. ol. jans. tr. dor.

Bel exemplaire de cette édition, la plus complète de cet ouvrage. De la bibliothèque Renard.

115. Les OEuvres de Bruscambille, contenant les fantaisies, imaginations, paradoxes et autres discours comique (*sic*)..... reveu et augmenté par l'autheur. *Rouen, Martin de la Motte*, 1635,

in-12, mar. orange, comp. à la du Seuil, fil. tr. dor. (*Trautz-Bauzonnet.*)

Edition rare.

116. Menagiana, ou les Bons mots et remarques critiques, historiques, morales et d'érudition de M. Ménage, recueillies par ses amis (3e édition, publ. par de la Monnoye). *Paris, veuve Delaulne*, 1729, 4 vol. in-12, v. marb.

Bel exemplaire, bien conservé, de cette bonne édition. A la fin de chaque volume, se trouvent placés, par formes de cartons, les passages libres de 1715. (Voir Brunet, tome III, 1617.)

117. Le Cabinet de M. de Scudéry... première partie. *Paris, Aug. Courbé,* 1646, in-4.

Edition originale.

118. OEuvres choisies du prince Castrietto d'Albanie, contenant le portrait caractéristique du prince héréditaire de Prusse, revu et augmenté par l'auteur, une lettre au congrès d'Amérique et plusieurs autres pièces qui n'avaient point encore été imprimées : auxquelles on a joint le fragment d'un nouveau chapitre du Diable boiteux envoyé de l'autre monde par M. le Sage, où se trouve un dialogue entre le comte de Ruppen, le comte du Nord, le comte de Slonim et Warta. *Sans lieu d'impression,* 1782, in-8.

Bel exemplaire à toutes marges. Brunet le croit sorti de quelque presse particulière et tiré à petit nombre. De la page 39 à la page 55 se trouve la Confiance perdue, apologue turc, versifié avec une facilité assez remarquable de la part d'un étranger (Voir Brunet, tom. I, p. 1635-36).

119. Le Livre des singularités, par G. P. Philomneste (Gabriel Peignot). *Dijon,* 1841, 1 vol. in-8, demi-rel. dos et coins mar. br. tr. sup. dorée. (*Thomas.*)

Exemplaire non rogné. On a joint à cet exemplaire une lettre autographe de Peignot à M. Deiss, libraire à Besançon.

120. Amusements philologiques, ou Variétés en tous genres ; seconde édition, revue, corrigée et augmentée, par G. P. Philomneste (Gabriel Peignot). *Dijon,* 1824, in-8, chagr. noir.

121. Choix de testaments anciens et modernes, remarquables par leur importance, leur singularité ou leur bizarrerie ; avec des détails historiques et des notes, par Gab. Peignot. *Paris, imp. à Vesoul*, 1829, 2 vol. in-8, demi-rel.

122. Le Secrétaire critique du sieur B. P. du Jouquier, docteur, dédié à moy-même. *Imprimé à Amsterdam, chez Waesberg, et à Leiden, chez Gaasbeeck (à la Sphère)*, 1680, pet. in-12, mar. rouge, fil. dos orné, dent. int. tr. dor. (*Hardy.*)

Exemplaire La Villestreux (n° 426).

123. Lettres de M. de Morigny. *La Haye, Ant. Lafaille (à la Sphère)*, 1655 pet. in-12, cuir de Russie, tr. dor. (*Rel. molle.*)

Joli volume, imprimé à Bruxelles par Foppens. Exemplaire de C. Pieters, avec une note de sa main, et de La Villestreux (431). Haut.: 125 millim.

124. Recueil de quelques pièces nouvelles et galantes tant en prose qu'en vers. *Utrecht, chez Antoine Schouten*, 1699, pet. in-12 v. br. (*Aux armes de Caumartin Saint-Ange.*)

Très-bel exemplaire d'un ouvrage rare et curieux, qui n'a de commun avec le recueil imprimé à Cologne, sous ce même titre, que le voyage de Chapelle et Bachaumont.

125. Les OEuvres de maistre Alain Chartier, reveues et corrigées, contenant l'histoire de son temps, l'Espérance, le Curial, le Quadriloge et autres pièces, toutes nouvellement revues et de beaucoup augmentées, par André du Chesne, Tourangeau. *Paris, Sam. Thiboust*, 1617, in-4.

Edition préférable à toutes celles qui avaient paru jusqu'à cette époque, pour l'exactitude du texte.

126. OEuvres de Balzac. *Amsterdam, chez les Elzeviers*, 7 vol. in-12, mar. rouge. dent. int. tr dor. (*Hardy.*)

Lettres à Conrart (Jean Elzevier), 1659. — Lettres familières à Chapelain (Jean Elzevier), 1656. — Lettres choisies (Amsterdam, chez les Elzeviers), 1656. — Les Entretiens (Jean Elzevier), 1659. — Aristippe, ou de la Cour (Daniel Elzevier), 1664. — OEuvres diverses (Leide, chez les Elzeviers), 1651. — Socrate chrestien (Paris, Aug. Courbé), 1661.

127. Discours sur l'histoire universelle, etc., par J.-B. Bossuet. *Paris, Cramoisy*, 1683, 1 vol. in-4, vélin.

Edition originale.

128. L'Introduction au Traité de la conformité des merveilles anciennes avec les modernes, ou Traité préparatif à l'Apologie pour Hérodote. L'argument est pris de l'Apologie pour Hérodote, composée en latin par Henri Estienne, et est ici continuée par luy-même. *L'an* 1566 *au mois de novembre*, pet. in-8, mar. brun.

Edition originale, rare et recherchée.

129. Apologie pour Hérodote, ou Traité de la conformité des merveilles anciennes avec les modernes, par Henri Estienne, nouvelle édition, augmentée de remarques par Le Duchat. *La Haye, Henri Scheurleer*, 1735, 2 tom. en 3 vol. pet. in-8, avec 3 grav.

130. Titi Livii Historiarum quod extat, ex recensione J.-F. Gronovii. *Amstelodami, apud Danielem Elzevirium*, 1678, in-12, titre gravé, mar. rouge, fil. à riches comp. à petits fers, doublé de mar. olive avec fil. et comp. à petits fers, dos orné, tr. dor. (*Corfmat.*)

Bel exemplaire. Haut. : 145 millim. 1/2.

131. Corn. Tacitus, ex J. Lipsii editione, cum not. et emend. H. Grotii. *Lugd.-Batav., ex officina Elzeviriana*, 1640, 2 vol. pet. in-12, mar. rouge, fil. tr. dor. (*Rel. anc.*)

Bel exemplaire d'une édition elzévirienne recherchée. Haut.: 130 millim.

132. Q. Curtii Rufi historiarum libri accuratissime editi. *Lugd.-Batav., ex officina Elzeviriana*, 1633, pet. in-12, mar. vert, dent. intérieure, tr. dor. (*Thomas.*)

Haut.: 122 millim.

133. La Chronique des roys de France et des cas mémorables advenuz depuis Pharamond

jusqu'au roy Henry, second du nom, selon l'ordre du temps et supputation des ans, cõtinuez iusques en l'an mil cinq centz cinquante et un. Catalogue des papes, depuis saint Pierre jusques à Julles tiers du nom ; catalogue des empereurs depuis Octavian César jusques à Charles d'Autriche, cinq du nom. *Rouen, Martin le Mégissier,* 1551, 1 vol. in-8.

A la fin du vol.: Bref recueil des cas mémorables, depuis advenuz que les Chroniques ont esté dernièrement imprimées à Paris, par Galiot du Pré. Bel exemplaire, avec témoins.

134. Alliances généalogiques des rois et princes de Gaule, par Claude Paradin. *A Lion, par Jan de Tournes*, 1561, in-fol. avec blasons, v. m.

Exemplaire grand de marges.

135. Le Cabinet du roy de France, dans lequel il y a trois perles précieuses d'inestimable valeur, par le moyen desquelles Sa Majesté s'en va le premier monarque du monde (par Nicolas Barnand). *S. l.*, 1581, pet. in-8, v. m.

Exemplaire de la bibliothèque Chedeau et Renard.

136. Histoire de Geoffroy de Ville-Hardouin, mareschal de Champagne et de Roménie, de la conqueste de Constantinople par les barons françois associez aux Vénitiens l'an 1204, d'un costé en son vieil langage et l'autre en un plus moderne et plus intelligible, par Blaise de Vigenère. *Paris, Abel l'Angelier*, 1584, in-4, vél.

Bel exemplaire de la première édition d'un ouvrage précieux, sous le double rapport historique et grammatical.
Cet exemplaire porte la date de 1584, et non 1585, comme l'indique Brunet.

137. Histoire de messire Bertrand du Guesclin, conestable de France, escrite en prose l'an 1387 à la requeste de messire Jean d'Estouteville, et nouvellement mise en lumière par Claude Ménard. *Paris, Sébastien Cramoisy*, 1618, in-4.

Bel exemplaire grand de marges de cette traduction en prose d'une vieille chronique en vers.

138. Cronique et Histoire faicte et composée par feu messire Philippe de Cõmines, chevalier, seigneur d'Argenton, cõtenant les choses aduenues durant le règne du roy Loys unziesme, et Charles huictiesme son fils, tant en France, Bourgongne, Flandres, Arthois, Angleterre et Italie, que l'Espaigne et lieux circonvoysins, nouvellement reveue et corrigée avec plusieurs notables mis au marge, pour le sommaire de ladicte histoire. *A Paris, on les vend au Palais en la galerie par où on va en la chancellerie, en la boutique de Vincent Sertenas*, 1549, in-8.

139. Les Mémoires de messire Philippe de Commines, sieur d'Argenton. *Leide, les Elzeviers*, 1648, pet. in-12, front. gravé, mar. vert, jans. tr. dor. (*Duru.*)

Bel exemplaire grand de marges : 133 millim. 1/2.

140. Histoire contenant un abrégé de la vie, mœurs et vertus du roy très-chrestien et débonnaire Charles IX etc., par A. Sorbin, dit de Saincte-Foy. — Oraison funèbre du très-hault et très-puissant, etc., roy Charles IX, prononcée le XII juillet 1573, par Sorbin. *Paris, Guil. Chaudière*, 1574. — Seconde Oraison funèbre du très-chrestien, etc., roy Charles IX, prononcée le XIII juillet 1574. *Paris, Guill. Chaudière*, 1574, 3 part. en 1 vol. in-12, mar. bl. fil. dos orné, tr. dor. (*Hardy.*)

Bel exemplaire, avec témoins, de ce livre très-rare.

141. Discours merveilleux de la vie, actions et déportements de Catherine de Médicis, reine mère ; déclarant tous les moyens qu'elle a tenus pour usurper le gouvernement du royaume de France et ruiner l'estat d'iceluy. *S. l., selon la copie imprimée à Paris*, 1669, 1 vol. in-12, mar. rouge, fil. tr. dor. (*Metthey.*)

Bel exemplaire à grandes marges de cette édition très-rare, dite à l'Escargot. On a ajouté à cet exemplaire le portrait de Catherine de Médicis.

142. Journal de Henri III, ou Mémoires pour servir à l'histoire de France ; nouvelle édition, accompagnée de remarques historiques et des pièces manuscrites les plus curieuses de ce règne (le tout publié sous la direction de Lenglet du Fresnoy). *La Haye, et se trouve à Paris chez la veuve de P. Gandouin*, 1744, 5 vol. pet. in-8, fig. — Journal du règne de Henri IV avec des remarques historiques et politiques du chevalier C. B. A. (le P. Bouges, ou, selon Barbier, Lenglet du Fresnoy). *La Haye* (*Paris*), 1741, 4 vol. pet. in-8, fig. Ensemble, 9 vol. veau marbré. (*Reliure uniforme.*)

Bel exemplaire, très-bien conservé, avec les cartons.

143. Histoire du roy Henry le Grand, composée par messire Hardouin de Péréfixe. *Amsterdam, chez Daniel Elzevier*, 1664, in-12, mar. rouge, jans. dent. int. tr. dor. (*E. Thomas.*)

Bel exemplaire, grand de marges. Haut.: 130 millim.

144. Satyre Ménippée, de la vertu du catholicon d'Espagne, etc. (avec les notes de Dupuy). *Ratisbonne, Mathias Kerner*, 1664, pet. in-12, fig. mar. rouge, fil. tr. dor. (*Niedrée.*)

Bel exemplaire, grand de marges, de cette jolie édition, imprimée à Bruxelles, chez Foppens, avec les 3 fig. Haut.: 133 millim.

145. Journal de M. le cardinal duc de Richelieu, qu'il a fait durant le grand orage de la cour en l'année 1630 et 1631. *S. l.*, 1648, pet. in-12, mar. br. tr. dor.

Exemplaire de M. Pieters, avec une note de sa main.

146. L'Alcoran de Louis XIV, ou le Testament politique du cardinal Jules Mazarin, traduit de l'italien. *Rome*, 1695, pet. in-12.

Ouvrage satirique, rare.

147. Mémoires d'un favory de S. A. R. M. le duc d'Orléans (de Bois d'Annemets ou d'Almay). *Leyde*,

J. Sambix (*Elzevier*), 1648, pet. in-12, mar. r. fil. tr. dor. (*Rel. anc.*)

Exemplaire bien conservé de l'édition originale de ce livre rare.

148. Mémoires de M. D. L. R. (de la Rochefoucauld) sur les brigues à la mort de Louis XIII, les guerres de Paris et de Guyenne et la prison des princes, etc. *Cologne*, *P. Van Dyck* (*Bruxelles*, *Foppens*), 1662, pet. in-12, vélin.

Bel exemplaire grand de marges. Haut.: 132 millim. Exemplaire La Villestreux (nº 518).

149. Recueil de diverses pièces curieuses pour servir à l'histoire. *Cologne*, *par Jean du Castel*, 1664, in-12, mar. rouge dent. tr. dor.

150. Le Catalogue des antiques érections des villes et cités, fleuves, et fontaines, assises es troys Gaules, cestassauoir Celticque, Belgique et Aquitaine, contenant deux liures. Le premier faict et composé par Gilles Corrozet, Parisien. Le second par Claude Champier, Lyonnois. *On les vend à Lyon, chez François Juste* (*sans date*), in-16, goth. figures sur bois, vél.

151. Mémoires de l'histoire de Lyon, par Guil. Paradin de Cuyseaulx, doyen de Beaujeu, avec une table des choses mémorables contenues en ce présent livre. *A Lyon, par Ant. Gryphius*, 1573, in-fol. demi-rel.

Bel exemplaire d'un beau livre admirablement imprimé et d'un véritable ntérêt historique. Il est précédé d'une longue dédicace au célèbre gouverneur du Lyonnais, alors François de Mandelot, qui fit égorger les calvinistes dans les prisons où ils avaient été enfermés quelques jours après le massacre de la Saint-Barthélemy.

On a joint à ce volume les Priviléges, franchises et immunitez octroyées par les roys très-chrestiens aux consuls, eschevins, manant et habitants de la ville de Lyon, par Cl. Rubis. *Lyon*, *Ant. Gryphius*, 1574.

152. L'Ordre public pour la ville de Lyon pendant la maladie contagieuse, augmenté de plusieurs observations et du traitté de la peste, avec quelques questions curieuses. *Lyon*, *Ant. Valancol*, 1670, in-4, broché.

Exemplaire non rogné.

153. Relation de ce qui s'est fait à Lyon au passage de Mgr le duc de Berry, depuis le 9 d'avril jusqu'au 13 du même mois 1701. *Lyon, chez Louis Pascal,* 1701, in-4, broché.

Exemplaire non rogné.

154. Histoire littéraire de la ville de Lyon, avec une bibliothèque des auteurs lyonnois sacrés et profanes, distribués par siècles, par le P. de Colonia. *A Lyon, chez François Rigollet*, 1728-1730, 2 vol. in-4, veau marb.

Bel exemplaire grand de marges.

155. Mémorial de Dombes en tout ce qui concerne cette ancienne souveraineté, son histoire, ses princes, son parlement et ses membres, avec liste nominative, un armorial et pièces justificatives, 1523-1771, par M. d'Assier de Valenches. *Lyon, imprimerie de Louis Perrin*, 1854, grand in-8, broché.

Autographe de l'auteur, avec ex-dono, non rogné.

156. Les Fiefs du Forez, d'après le manuscrit inédit de M. Sonyer du Lac, premier avocat du Roy au siége domanial de Montbrizon, ressort et comté de Forez en 1788, avec notes, carte, et une table raisonnée des noms de lieux et de personnes jointes audit recueil, par M. d'Assier de Valenches. *Lyon, impr. Perrin*, 1858, gr. in-4, cart.

Non rogné. Tiré à petit nombre et non mis en vente. Rare exemplaire offert à M. Allut, avec autographe de l'auteur.

157. Recherches contenant principalement l'Ordre de la noblesse sur l'Assemblée bailliagère de la province de Forez convoquée à Montbrizon, en mars 1789, pour l'élection des députés aux états généraux du royaume... par l'éditeur des Fiefs du Forez (d'Assier de Valenches). *Lyon, imprimerie Louis Perrin,* 1860, pet. in-fol. cart.

Non rogné. Tiré à petit nombre. Signature de (d'*Assier de Valenches*).

158. Album du Dauphiné, ou Recueil de dessins représentant les sites les plus pittoresques, les villes,

bourgs et principaux villages; les églises, châteaux et ruines les plus remarquables du Dauphiné, avec les portraits des personnages les plus illustres de cette ancienne province. Ouvrage accompagné d'un texte historique et descriptif. *Grenoble*, 1835, 4 vol. in-4, rel. en chagr. noir.

159. L'Estat politique de la province du Dauphiné, par Nicolas Chorier (avec le supplément). *Grenoble, R. Philippes*, 1671-1672, 4 vol. pet. in-12, mar. rouge, dos orné, fil. dent. int. tr. dor. (*Hardy.*)

Très-bel exemplaire à toutes marges de cet ouvrage rare. Témoins.

160. Précis historique de toutes les missions tant solennelles que particulières qui ont eu lieu à Dijon, depuis 1468 jusques et y compris celle de 1824, etc. (par Gabr. Peignot). *Dijon*, 1824, pet. in-8, demi-rel. anc.

161. L'Illustre Jaquemart de Dijon, détails historiques, instructifs et amusants sur ce haut personnage, domicilié en plein air dans cette charmante ville, etc., par P. Berigal (Gabr. Peignot). *Dijon*, 1832, in-8, avec 1 fig. demi-rel. mar. rouge. (*Thomas.*)

Non rogné. Tiré à petit nombre.

162. Les Actions héroïques et plaisantes de Charles V, enrichies de plusieurs figures et augmentées de quelques beaux mots de Philippe II, son fils. *Bruxelles*, *Louis de Wainnes s. d.*, in-12, v. f. fil. tr. sup. dor.

Exemplaire non rogné. Exemplaire de La Villestreux, 578.

163. Chronique de Savoye, reueue et nouvellement augmentée, par Guil. Paradin, doyen de Beaujeu, avec les figures de toutes les alliances des mariages qui se sont faits en la maison de Savoye depuis le commencement jusqu'à l'heure présente.

A Lion, par Jan de Tournes, imprimeur du roy, 1561, in-fol. veau marbr.

Exemplaire bien conservé et à toutes marges de la première édition, avec les figures de toutes les alliances. Témoins.

164. La Vie du général Monk, duc d'Albemarle, le restaurateur de S. M. Britannique Charles second, traduit de l'anglois de Thomas Gumble. *Londres, Robert Scott*, 1672, pet. in-12, mar. rouge, dos orné, fil. dent. int. tr. dor. (*David.*)

Jolie édition qui se classe dans la collection des Elsevier. Haut.: 132 mil. 1/2. Exemplaire Desq. et de la bibliothèque Renard.

165. Contract d'association des Jésuites, ou trafique de Canada, pour apprendre à Paul de Guinout, l'un des donneurs d'avis pour les Jésuites contre le Recteur et l'Université de Paris, et à ses semblables, pourquoy les Jésuites sont depuis peu arrivez au Canada, 1613. *Paris, Tross, impr. par Louis Perrin*, pet. in-8.

Réimpression à 12 exempl., tous sur peau de vélin.

166. Dissertation historique sur les duels et les ordres de chevalerie, par M. B..... *Amsterdam, Pierre Brunel*, 1720, in-8.

Non rogné.

167. Boccace, des Nobles malheureux; nouvellement imprimé à Paris, 1515. (A la fin:) *Nouvellement imprimé à Paris par Michel le Noir, libraire juré en l'Université de Paris, demourant en la rue sainct Jaques à l'enseigne de la Rose Blanche couronnée*, in-fol. goth. à 2 col. fig. sur bois, v. f. f. (*Pasdeloup.*)

168. La Vie du roy Almanzor, écrite par le vertueux capitaine Aly Abençufian, vice-roy et gouverneur des provinces de Denque en Arabie (traduit de l'espagnol, par le P. d'Obeilh). *Amsterdam, Daniel Elzevier*, 1671, pet. in-12, mar. bleu fil. tr. dor. (*Rel. anc.*)

Bel exemplaire de cet ouvrage remarquable et recherché. Haut.: 131 mill. Exemplaire Pieters.

169. Dictionnaire raisonné de bibliologie, par G. Peignot. *Paris, Villiers*, 1802, 3 vol. in-8, demi-rel.

170. Manuel du bibliophile, ou Traité du choix des livres, contenant des développements sur la nature des ouvrages propres à former une collection précieuse, par Gabr. Peignot. *Dijon*, 1823, 2 vol. in-8, demi-rel.

171. Dictionnaire critique, littéraire et bibliographique des principaux livres condamnés au feu, supprimés ou censurés; précédé d'un discours sur ces sortes d'ouvrages, par Gabriel Peignot. *Paris*, 1806, 2 vol. in-8.

Exemplaire non rogné.

FIN.

ORDRE DE LA VACATION.

88 à 171.

1 à 87.

CONDITIONS DE LA VENTE.

Il y aura, le jour de la vente, de deux heures à quatre, exposition des livres qui seront vendus le soir.

Les livres vendus devront être collationnés sur place. Une fois sortis de la salle de vente, ils ne seront repris pour aucune cause.

Les acquéreurs payeront, en sus des enchères, cinq centimes par franc, applicables aux frais.

Paris. — Typographie de Georges Chamerot, rue des Saints-Pères, 19.

www.ingramcontent.com/pod-product-compliance
Ingram Content Group UK Ltd.
Pitfield, Milton Keynes, MK11 3LW, UK
UKHW020511180726
13839UKWH00005B/2007

9 782329 476285